4부 내 슬픔의 종점에는 네가 있을까

그대는 나의 여름이 되세요

서덕준
시선집

그대는 나의 여름이 되세요

위즈덤하우스

프롤로그

저에게 시는 미완의 시절부터 지금까지 숱하게 멍들고 체했던 마음을 해소하게 해준 나만의 세상이었습니다. 그 작은 세상에 머물며 설익은 첫사랑부터, 나에게 머물다 간 뭇 사람들, 수술대에 몸을 누였던 나날들까지 모두 적고 나니 어느덧 삶의 모든 것이 시로 치환되었고 내가 곧 시가 되었습니다.

우리 마음에 너무도 짙게 적혀 쉽게 지워지지 못하는 이름들, 서툴고 섣부르게 접은 탓에 쉽게 펼쳐지고 마는 아픈 이야기들을 위해 미족하지만 정성을 담아 써왔던 저의 작은 세상을 이제 독자 여러분께 보여드리려고 합니다.

저는 시의 치유력을 줄곧 믿어왔습니다. 그리고 어느덧 저의 시 또한 많은 사람에게 치유가 될 수 있다는 것도 이제는 믿어 보기로 합니다. 오랜 세월을 건너 활자로 적힌 제 따뜻한 문장들이 많은 분에게 치유가 되길 바랍니다.

2023년 늦가을에

서덕준

차례

2부 그대는 나의 여름이 되세요

3부 사랑할 것이 없어진 사람들의 이야기

작가의 말

제목이 적히지 않은 시집을 펼쳤다 가만히 덮습니다.

작가의 소개말에 나는 형체가 없는 몽타주

나는 잉크 바깥에서

구절과 단어의 바깥에서 줄곧 서성입니다.

시에는 온통 당신이 있지만 나는 그 어디에도 없습니다.

당신을 빛내는 데에 나는 필요하지 않습니다, 그저 쓸 뿐.

이 내 시집의 제목도

곧 당신이 될 것입니다.

숲

이름 모를 숲속으로 사라지자
언어의 바깥으로 확 도망가버리자
지도의 찢긴 부분 속으로
아무도 모르는 그 숲속으로 없어져버리자.

노래를 부르면 곧 새가 되고
숲속을 달리면 내가 사슴이 될 수 있는
그 환상의 숲으로.

이름이 없어도 내가 나일 수 있는 곳으로.

매일이 화창하다는 예보

이번 주는 매일이 화창하다는 예보를 듣습니다.

그보다 더 화창한 누군가의 웃음을 목격합니다.

그 웃음의 조도가 결코 점멸되지 않을 때

그때가 바로 우리가 열병처럼 덥석 포옹하는 순간입니다.

초가을 활엽수처럼 쏟아지는 구애의 문장들을 읊습니다.

가령, 「멀미의 삶에서 나는 너의 섬이 되고 닻이 될게」라는 둥

「그러니까 호흡처럼 더 사랑해줘」라는 둥.

양초처럼 은은하게, 잔물결 같은 음성으로.

낙엽의 음성이 끝없이 재생되는 시간

잠 깨고 난 첫 음성으로 읊는 안녕을 건네며

이번 주는 매일이 화창하다는 예보와, 네 고결한 웃음과 함께.

초록

초록을 사랑하는 요즘
꽃말이 하는 이야기에 귀를 기울인다.
모든 것이 다시 재생되는 계절에
덩달아 피는 식물들에게는 얼마나 많은 이야기가 담겨 있는지.

저 너머 능선으로 구름 자국이 돋고
마치 바람에도 색깔이 있는 것처럼 푸른 냄새가 날아오는 시간
줄기 사이에 꽃봉오리가 맺혔네,
피어나면 어떤 꽃말을 이야기할까.
창가에 놓인 화분들에 물을 얹으며 잎사귀의 이야기를 듣는다.

사람은 살아서 사람이라
사는 이유를 물으면 구태여 죽음을 좇게 되는 것인데
부쩍 삶의 이유를 읊는 일이 잦아지고

1부

매일이 화창하다는 예보

불쑥 꿈으로 영원히 도망쳐버리고 싶은 요즘
그래서 나는 더욱 식물의 이야기에 귀를 기울이게 되는 것이다.

물을 주면서 잎에 닿는 물의 형태를 동경하며 건네는 질문
넌 사소한 것이라도 삶에서 무언가를 머금을 수 있구나
그래, 나는 오늘 초록으로부터 삶의 모양을 닮아보기로 한다.

너는

너는 꽃으로 쏟는 비 새로 돋은 이파리 그 청록의 산맥
달의 우아한 주름 너는 억겁의 아름다움 이 봄의 환생

너의 피어나는 웃음과 평행하고 싶어
원고지에 붉은 실들로 나의 생애가 얽혀도
나는 늘 너의 편지일게 온온한 문장일게

우연과 운명을 땋아 네게 쥐여줄게
바닷속 바다까지 삶의 저편 그 어느 숲의 늑골까지도
너 나와 함께 가자
우리 손 놓는 것이 죽음인 듯 하자

너는 이 봄의 환생 너는.

노트 속 비밀 정원

색은 없고 명도만이 남아 있는 이 겨울에 노트를 샀어
새벽에 잠깐 다녀간 자국눈처럼 꿈속 네 얼굴의 솜털처럼 무수한 장수의 노트를 샀지
그거 알아? 네가 꿈으로 들어가는 문에 서면 나는 황급히 새벽의 출구로 달려 나가
그때 나는 노트에 너와 내가 꿈꿀 시나리오의 플롯을 엮곤 하지
우리가 함께 봤던 동백나무 연리지처럼

너는 지금쯤 어느 시대 아름다운 벽화처럼 잠을 자고 있겠지
그렇다면 너의 탄산 거품 같은 웃음소리로 이야기를 시작해나갈게

노트에는 네가 눈물보다 빠른 속도로 번져나가고 나는 너의 밑줄이 되지

어서 나를 밟고 더욱 아름다운 미사여구가 되어줘
노트에 우리의 이름만을 엮어서 집을 지어
모든 색을 훔친 도둑처럼 꿈은 선명해지지
우리의 비밀이 새지 않도록 이 노트를 머리맡에 꼭 숨겨둘 거야
노트 속 고결한 문장들이 너와 나의 꿈 사이에 다리를 놓아줄 거야

잠시만 기다려줄 수 있겠어?
달의 커튼이 휘황거리는 이 새벽, 너를 따라 얼른 꿈으로 달려 들어갈게
해가 뜨기 전까지 너와 내가 주인공인 노트 속 그 비밀 정원에서 만나.

애틋한 월담

깊은 꿈에 당신이 월담해요.

늪의 밀도처럼 끈끈한 꿈

당신이 따가운 문장으로 적힌 그 꿈의 대본.

찢긴 페이지 사이로 도망쳐 나와

마른 손바닥에 그 애틋한 월담을 필사해요.

당신의 큰 눈, 그 속에 비치는 햇볕의 연못

잘게 스치는 입술의 마찰과 살갗에 덮인 향기의 토양, 실핏줄의 무늬.

겨울을 건너서

저 깊은 곳에 있던 기온이 뭍으로 올라오는 계절에

꽃의 장마가 저물어가는 날씨에

당신은 나를 월담하고

나는 그런 당신을 기다리고.

날이 참 좋네요

날이 참 좋네요.

바람의 커튼 사이사이마다 당신의 향수가 날아들어요.

여느 때 없이 꽃술처럼 펄럭이는 그 속눈썹 하며

장미 덩굴 같은 당신의 갈색 잔머리가 나를 실타래처럼 풀어헤칩니다.

나는 나만 볼 수 있는 그 오색의 실로

당신과 나의 약지에 매듭을 짓죠.

손을 잡지 않아도

지저귀는 마음은 차마 숨길 수 없습니다.

그저 날이 참 좋다고

말 한마디 건넬 수밖에요.

청혼

폭폭한 겨울 냄새가 나는 네 무릎을 가만히 베고 누워
네가 읊조리는 음성의 실밥을 하나둘 세면서
내 머리칼을 쓰다듬는 네 손가락을 타고 꿈에 빠져들고 싶어

복숭아 향이 꾸벅꾸벅 졸고 있는 네 쇄골에 기대어
오늘은 자주색 양말을 신었다, 손톱에 작은 멍이 들었다는 둥
시답잖은 말이라도 조잘거리고 싶어

재봉틀처럼 뛰는 가슴에 내 목숨을 실로 삼아
네가 입을 옷 한 벌 지어주고 싶어

땅에 별이 뜨고 하늘에 강이 흐르는
무화과에 꽃이 피고 다리 달린 인어가 사는 나라로
너와 함께 사라지고 싶어.

지금

너의 호흡을 오선보에 걸어보면
무슨 음악이 만들어질지 나는 너무 궁금해

너의 시선과 눈짓 하나하나에 씨앗을 심는다면
세상 어느 곳에서도 사계절 꽃을 다 볼 수 있겠지
너울진 구름, 동백의 붉음 그리고 바람의 색채, 민들레 꽃씨의
기적이 곧 너겠지

노을의 명도를 한 칸씩 지워갈수록
너에 대한 마음이 짙어지는 지금

네가 너무 보고 싶어서
속눈썹마다 네 사진을 걸어두는 지금

바람이 네 얼굴로 조각되는 밤

안녕

너를 사랑하고부터 해가 몇 번을

내 마음의 동녘에서 떴다가 또 서녘으로 저물었는지 낱낱이 셀 수가 없다.

사월 십삼 일 별들이 버들숲처럼 우거지던 밤

내 마음에 네가 울창해졌지.

내 속이 전부 숲이었어 숲.

줄거리도 없이 시작된 마음에는 어제까지 너와의 포옹이 다녀갔다.

지금도 이 빈방에는 네가 천장까지 출렁이고 있어.

허공에 손만 내밀어도 바람이 네 얼굴로 조각되는 밤이다.

네가 날 보고 웃던 날을 기억하며

안녕.

흰 민들레 문구점

흰 민들레 문구점에는 너의 생일선물이 되지 못한 모조품 풀 반지가 있어.
그날, 너의 생일날을 떠올려볼래.

흰 별이 산등성이를 넘어가. 네가 두드리던 흑과 백의 건반들이 하늘을 떠다녀.
너의 콧노래가 골목마다 울려. 나는 흰 민들레 문구점을 나비처럼 떠돌지.
참으로 신기하지, 어릴 적 너의 모습은 눈을 잃어도 나는 채색할 수가 있어.

너의 콧노래를 주워 담던, 흰 민들레 문구점의 모조품 풀 반지 앞에서 한참을 서성이던, 네게 폭폭하게 말린 청록색 치마를 엄마 대신 건네던 그 푸른 세탁소 집 동갑내기를.
너는 나를 기억해줄 수 있어?

물망초의 비밀

당신은 봄볕 하나 주지 않았는데

나는 습한 그늘이었는데

어찌 당신을 좋아한단 이유만으로 이렇게 꽃을 틔웠습니까.

밤의 유영

너와 밤을 헤엄치는 꿈을 꿨어.

우리는 누구도 발 딛지 않은 섬에 가 닿았어
하늘에는 파도가 치고 아무도 이름 지어주지 않은 별의 군락이 있었지
이름 없는 물고기 떼가 수면 근처를 은하수처럼 헤엄칠 때 네가 그곳을 가리켰어
나는 쳐다볼 수 없었지, 너무 낭만적인 것을 너와 함께 하면 벼락처럼 너를 사랑해버릴까 봐
네가 나를 보고 등대처럼 웃었어, 잠시 눈이 멀었던 것은 비밀로 할게
네가 무슨 말을 꺼낼 때 고래의 울음이 머리 위를 지나갔어, 너는 내게 불멸처럼 사랑한다 했을까
누구도 믿지 않는 허구의 전설이 너라면 나는 질긴 목숨처럼

믿기로 했어

너는 옅은 거품처럼 사라졌나 꿈 안의 꿈으로 도망쳐버렸나

눈을 뜨니 너는 없고 베개에는 짠내가 났어

창밖은 여전히 푸른 물로 가득 차 있었지

천 년도 아깝지 않은 유영이었어.

허리가 푸른 돌고래

오후 세 시 안경의 경계선 밖으로
도로 밖으로
전단지가 헤엄쳐

허리가 오목한 버스 지붕으로 푸른 비가 쏟는데
네가 거기 있었지
네가 보이고 나니 버스가 마치 푸른 돌고래 같았지
네가 곧 바다고 물거품이었지

비늘이 없는 배들이 도로에 가득해
그 사이로 아직까지 허리가 푸른 돌고래는 있었지
귓불이 앵두처럼 붉은 네가
바로 거기 있었지.

접시꽃

하굣길에 긴 머리를 한 아이를
남자아이가 뒤따라 걷다가 문득
접시꽃을 뜯어다 여자아이 머리카락 사이로
몰래 끼우고는 바람이 불었나, 한다.

꽃잎 하나로 여자아이의 뺨에도 접시꽃이 울창해진다.
열두 살의 사랑이었다.

문하생의 서재

너는 이 세상의 모든 문학을 훔친 것이 틀림없다.

그러지 않고서는 이렇게 아름다울 수 없으니.

너를 쫓는 근위병

저기 저 하늘 좀 봐
달이 손톱처럼 실눈 떴다
네 손톱일까?
어쩐지 살구색 노을이
네 뺨을 닮았다 했어
갈대가 사방으로 칭얼댄다
네가 너무 아름다워서겠지

어느덧 네 짙은 머리칼처럼
하늘에도 먹색 강물이 흐른다
너를 향해 노를 젓는 저 달무리를 봐

머리 위로 총총한 별이 떴구나
마치 네 주근깨 같기도 해

그래 맞아, 그만큼 어여쁘단 뜻이야

저기 저 들꽃 좀 봐

꽃잎이 사정없이 나풀거린다

네 눈썹일까?

아니면 네 입술일까?

사월

점막이 다 헐어버린 마음에
따끔거리는 곳마다 꽃이 억지로 피었어요.

봄은 해일처럼 덥석 몰아닥치는데
마음은 속절없이 죄다 꽃 투성이고
나는 사월 봄밤에 당신만 생각해요.

바람의 첫 문단

문득 바람을 목격했습니다.

바람에 음색이 있다면 필시 아름다울 것입니다.

마음의 풍속계가 소란해집니다.

부사처럼 누구의 이름이 바람의 첫 문단에 적힙니다.

바람에 적힌 그 이름을 애써 지우지는 않습니다.

문질러도 번지는 것은 파쇄되지 못한 마음뿐입니다.

그 사랑스런 바람의 첫 문단이여

5월이면 언제든 내게 다녀가세요.

5월의 바람처럼 항상 내게 적히세요.

이는 곧 내 모든 문단의 시작일 것입니다.

약속

우리 약속 하나 할까요?

우리 마음의 씨실과 날실이 더욱 촘촘해지기로 해요.

서로에게 범람하기로 해요.

달가운 침범을 일삼기로 해요.

삶의 건너편까지 마중하기로 해요.

서로의 여백을 아름다운 엔딩으로 메꾸기로 해요.

당신이 해가 되는 날이면 내가 달이 되어주기로

손가락을 장미 덩굴처럼 걸고

우리 약속할까요?

꽃구경

그 사람이 꽃구경을 간대요.
뭐가 좋아서 가냐 물었더니

보고 있으면 행복해지잖아.
사랑스러운 눈빛으로 말하더군요.

날 그런 눈으로 바라만 봐준다면
잠깐 피었다 시드는 삶일지라도
행복하겠다고 생각했습니다.

Y에게

설익은 마음에 볕이 든 날이 있었다. 그때가 봄이었을까, 바람 결에 아카시아가 다녀갔던 어렴풋한 기억이 있는 걸 보니 아마 오뉴월쯤이었을까. 교실 창문은 열려 있고 따듯한 볕이 하늘거리는 커튼처럼 쏟아지던 날이었다. 나는 턱을 괴고 내리쬐는 볕으로 시선을 옮겼다. 거기에는 그 애가 있었다. 짙은 생머리가 바람이 불자 아카시아처럼 흩날리던 그 애, 아카시아 향기는 다름 아니라 그 애에게서 날아들었을지도 모르는 일이라고 생각했다.

교과서 페이지가 새의 날갯짓처럼 펄럭이는 소리, 분필이 칠판과 마주하는 소리가 조용한 교실에 반주처럼 흘렀다. 교실의 내 자리는 볕이 들지 않는 구석진 자리였는데 햇볕을 오래 쬔 사람처럼 뺨이 자꾸만 붉어짐을 느꼈다. 나는 그 애, Y가 좋았다.

설익은 마음으로 나는 일기를 쓰기 시작했다. 가파른 마음을 어찌할 바를 몰라 그저 그 애 이름을 소중하게 쓰는 것이 내가 할 수 있는 것의 전부였다. 일기에 Y를 초대하는 것만으로도 나의 마음은 조금씩 익어가고 있었다. 봄이 지나고 여름이 걸어오고, 마음의 온도가 계절을 따라 데워지던 어느 여름밤에 나는 문득 깨달았다. 내가 그 애를 사랑하는구나, 하고.

여름의 살굿빛 같은 네 뺨을 나는 더욱 오래 보고 싶었다.

여울진 마음에 Y는 갈수록 색이 짙어져만 갔다. 그 애가 교복 주머니에서 이어폰을 꺼내고 내게 한쪽을 건네던 날이 있었다. 우리가 함께 음악을 듣던 그 순간만큼은 마치 오색의 밧줄로 감긴 또 다른 세계에 우리만 남겨진 듯했다. 지저귀는 마음이 너무도 컸기에 우리가 어떤 노래를 들었는지는 떠오르지 않는다. 다만 더욱 사랑하게 되었음은 자명했다. 그 애가 가는 길마다 꽃잎으로 수놓을 수만 있다면 온갖 화원의 꽃 도둑이 될 수 있다고 생각했다. 그렇게 가을이 저물어가고 있었다. 나는 그 애를 강변에 흔들리는 억새처럼 무성하게도 사랑했다.

교실 밖으로 폭설이 내리는 날이었다. 난로의 열기가 창가에 아지랑이로 피어오르고, 나는 그 애를 두 눈으로 훔칠 때마다 불현듯 아득해지곤 했다. 너무도 데워진 마음 때문이었는지, 교실 난로의 열기 때문이었는지는 알 수 없었다. 겨울도 그 애를 몹시 사랑해서 눈이 내리는 것인지도 모른다고 생각했다.

그날은 폭설이 내려서인지 시내버스가 한참이 지나도 오질

않았다. 언제부터인가 하굣길을 함께 가던 그 애는, 날이 추웠음에도 내게 두어 정거장을 같이 걷자고 했다. 버스가 늦게 오잖아, 두 정거장쯤 걸어가면 그땐 버스가 알맞게 도착할지도 몰라. 그 애가 나와 걷자는 이유였다. 응, 내 우산으로 들어와. 나는 Y의 말이라면 늘 교리처럼 따르곤 했다.

폭설은 끝도 없이 내리고, 해는 저물어가고, 우리는 같은 우산을 쓴 채 한참을 걸었다. 내 곁눈질을 Y는 알고 있었을까, 그 애의 차가운 손에 사계절 동안 데운 마음을 얹어주고 싶었다. 우리 앞에 내리는 폭설보다도 나의 마음이 더욱 폭설이었다.

다시 봄은 오고, 아카시아 향기가 바람으로 불고, 네 뺨의 색을 닮은 살구가 익는 여름이 다녀가고, 가을과 겨울이 또 한 차례 지나갔다. 시간이 흘러도 그 애는 여전히 마음에 우거지고 있었다.

나는 너의 살굿빛 피부에 잠을 자던 솜털을 사랑했고, 눈동자에 피어난 이름 모를 들꽃을 사랑했고, 너와 함께했던 그 시절을 사랑했고, 교실 창밖에서 불어오던 꽃가루를 사랑했고, 너의 웃음, 너의 눈매, 너의 콧날과 목선을 사랑했다. 다음 생에는 내가 그 애에게 말할 수 있을까, 첫사랑이었다고.

호흡

당신이 나의 들숨과 날숨이라면

그 사이 찰나의 멈춤은

당신을 향한 나의 숨 멎는 사랑이어라.

별의 자백

차마 전할 수 없어
공연히 하늘에 대고만 외치고 나니
별 하나 없던 하늘엔 무수히 많은 별들이 피었고

내가 눈을 질끈 감는 순간
수많은 별들이 너의 집으로 떨어지며
사랑해 사랑해 연신 악을 질렀다.

팔월

팔월 마지막 날 기억나지
짙푸른 폭약처럼 밤이 번지고
숲나비 떼들이 바람의 악보에 걸터앉아
사랑해 사랑해 내 입술을 따라 하던 밤을 너도 기억하지

서로가 찰과의 마음을 안아주자고
월식처럼 고요히 손을 잡고서는
우리 사이에 사이시옷이 생겼다는 이야기
받침 없는 나에게는 추락뿐이라는 이야기
너 기억하지, 팔월 마지막 밤의 이야기를

지난 생에도 나는 너를 사랑했을까
굽은 마음으로 너를 업고 우주를 걸을까
미처 눈감지 못한 그때 그 고백들이
팔월 마지막 날을 아직도 기다리고 있지.

장밋빛 인생

너의 푸르른 노랫소리를 사랑할게
청춘이니 꽃이니 하는 너의 붉음을 지켜줄게
새벽에 미처 못 다 헤던 너의 우울한 보랏빛도
내가 전부 한데 모아 하늘로 쏘아 올릴게
네 눈물보다 많은 빛으로 산란하게 할게
전부 별처럼 빛나게 해줄게

너의 부서지는 바다색 웃음소리와
갈맷빛 눈썹이 조잘거리는 이야기에 귀 기울일게
향기로운 너만의 청사진을 함께 꿈꿀게

강물이 마르고 별이 무너져 내려도
너의 장밋빛 인생을
내가 기억할게.

물병자리

너의 눈빛이 나를 관통한다
유성우가 내게 곤두박질친다
마주 잡은 손가락에 오작교가 놓인다
건너려야 건널 수가 없다

물병자리가 기울어간다
이다지도 내게 너는 물어뜯는 입술이다
나는 문득 서러워진다.

아타카마

바다와 등을 맞대고 늘 젖은 척추를 굽어 늘 메마른 마음으로 아타카마 사막은 그곳에 있다. 한 번도 사랑받지 못한 마음 그 가뭄 진 마음 사이마다 입병처럼 소금 자국이 열거된 아타카마에 사상 유례없는 폭우가 예보되었다. 사전에 등재되지도 않은 것이 한참을 내렸다. 황무한 마음에 첫 세례처럼 몇 날 며칠, 쏟아지는 것이 무엇인지도 모르고, 어찌할 수 없는 그 통제 불능을 내리 맞았다. 쏟아지는 것은 왜 자꾸 마음을 젖게 하는지, 욱신거리는 마음을, 일렁이는 마음을 도무지 참다못해 아타카마 사막의 씨앗들은 모두 스스로를 와락 피웠다.

사막이 처음으로 잔뜩 꽃밭이었던 날이 있었다. 하루만이라도 봄이라는 이름으로 불리고 싶었던 사막의 서툰 욕심, 영영 다시 오지 않음을 직감하는 듯한 죽음의 마음, 미처 다 식지 못한 마음, 멀미 같았던 개화.

이제 아타카마는 다시 사막으로 회귀한다. 다시 메마른 마음으로 등을 구부리고 다시 기다리는 마음으로 수천수만의 씨앗은 눈을 감고 다시 잔뜩 피어날 아타카마 사막의 꽃밭을 꿈꾸면서 다시.

고요한 침식

너는 바다였고 나는 절벽이었다.

너로 인해 마음이 무너지는 동안
내가 할 수 있는 일은 그저 고요히 뒷걸음치는 것.

사랑은 그렇게 매일을 네게서 물러나는 것이었다.

별자리

당신을 생각하며
한참 뭇 별을 바라보다가
무심코 손가락으로 별들을 잇고 보니

당신 이름 석 자가 하늘을 덮었다.

달의 이야기

아픈 마음과 광활한 외로움은 잠시 뒤로할게
세상에 당신 하나 남을 때까지 철없이 빛나기만 할게.

나 아닌 아침과 오후를 사랑해도 좋아
밤이면 내가 너를 쫓아갈게.

휘청

왜 이리도 징검돌을 허투루 놓으셨나요.

당신 마음 건너려다 첨벙 빠진 후로
나는 달무리만 봐도
이제는 당신 얼굴이 눈가에 출렁거려
이다지도 생애를 휘청입니다.

재난 25호

너라는 재난은 일기예보도 없이 나를 추격해왔어
나는 발목을 접질린 경주마처럼 네게 포위되었지

단말마의 비명으로도 끝이 나지 않는
혹독한 재난이여

나의 봄은 그렇게 화상 입었고
나는 철 지난 과일처럼
이다지도 곪아버렸구나.

엔딩 크레딧

눈을 깜박일 때마다
시야로 너의 낯이 프레임처럼 필름으로 쌓였어
상영 시간은 속절없는 나의 수명이었어

나는 너를 한 편 다 보고 나면
엔딩 크레딧이 되어 네게 달려갈 거야

시나리오처럼
찬란한 영화처럼.

자목련 색을 닮은 너에게

너를 생각하면 우주 어딘가에서 별이 태어난다 폭우가 나에게만 내린다 지금 당장 천둥이라도 껴안을 수 있을 것만 같다 너와 나 사이에 놓인 길의 모래를 전부 셀 수 있을 것만 같다 이름만 읊어도 세상 모든 것들이 눈물겨워진다 그리움이 분주해진다 나에게 다녀가는 모든 것들이 전부 너의 언어 너의 온도 너의 웃음과 악수였다
지금 생각하니 그게 모두 사랑으로 말미암아 사랑으로 저무는 것들이었다.

2부

그대는 나의 여름이 되세요

도둑이 든 여름

나의 여름이 모든 색을 잃고 흑백이 되어도 좋습니다.

내가 세상의 꽃들과 들풀, 숲의 색을 모두 훔쳐올 테니
전부 그대의 것 하십시오.

그러니 그대는 나의 여름이 되세요.

맑은 곳에도 비가 내린다

너를 사랑하고부터는 맑은 곳에도 비가 내린다.

울 것은 많고 마음의 소묘에 네가 번지는 일이 잦고
우울한 것들이 나의 호흡 사이사이로 빽빽해진다.

창백한 낮에 비가 내리고 무지개는 스스로를 실종한 지 오래
너는 언제까지 슬픔 사이로 촘촘해지니.

비스듬한 마음 사이로 너는 비처럼 나를 적시고
나의 원고지에는 네가 쏟아지고.

그림자

나는 이따금 당신과 그림자를 포개어 걷습니다.
아닌 듯 꿈만 같은 듯
나는 우리의 등 뒤에서
고결한 거짓말처럼 당신의 그림자 안에
무늬 없는 마음으로 들어갑니다.

당신의 체온이 곧 나의 체온이 되는 지점에서
나의 마음은 이따금
이렇게 짙어집니다.

이렇게 여름은 시작된다

너의 걸음이 닿는 곳마다 그늘은 물러나고
들꽃이 피고 햇볕이 번지고 나는 흔들리지.

네가 웃는 소리에 왜 갑자기
바람에선 여름 향기가 나?

네가 살짝 미소 지었을 뿐인데
왜 이 세상 모든 것들이 피어나고
왜 푸르른 너의 입꼬리에서
이렇게 여름은 시작되느냐고.

사월 십삼 일에 관하여

방 안의 온 벽지마다 잡초처럼 어둠이 번진다. 속살거리는 흰 커튼에 밤공기는 자수로 새겨지고 네가 침범하기 시작하는 시간이다. 나는 이불을 치우고 침대 테두리에 걸터앉아 옆자리를 비운다. 네가 앉을 빈자리를 만드는 것이다.

네가 내 마음에 발을 담그고 있는 동안엔 매 순간이 상냥한 학대이며 통증이다. 홀로 사랑함은 핍박처럼 혹독하지만 단편보다 짧았던 기억만으로도 나는 오늘도 사랑한다. 날마다의 이 학대가 내게는 한없이 눈물겹다. 네가 만드는 고요한 파문은 나를 오랫동안 삐걱이게 한다. 두 발로 서 있을 수 없는 마음의 파열, 마음이 저물기 전까지는 쉽게 잦아들지 않는다. 이렇게도 누군가에게 재난 같은 존재라는 것을 너는 아는가.

팔을 뻗어 무릎에 사슬을 채우고 고개를 파묻는다. 약지 끝으로 입술을 어루만지며 그때 그 사월 십삼 일 첫 입맞춤을 금서처럼 읊는다. 그때 뺨의 방화를 기억하듯 두 뺨이 욱신거린다. 그때 우리는 입술의 얕은 주름을 외고, 두 손은 뿌리처럼, 나는 문장의 마침표처럼 네 목덜미에서 숨을 참던 그때.

얼룩한 옷의 소매로 눈을 닦으려 잠시 고개를 돌렸더니 침대 옆 빈자리에 오늘도 불현듯 네가 있었다. 유언보다 눈물겨운 것이 사랑이라 네가 왔나, 아니면 오늘도 나는 나를 속이고 있는가, 옆에 네가 보인다.

그때 그 사월 십삼 일의 섭씨와 비슷한 미소를 하고서는, 내일 다시 오겠다고 하고서는. 나는 그런 너의 어깨에 잠시 뺨을 얹는다.

이 상냥한 학대를 오늘도 견뎌내며, 오늘도 덥석 사랑했다고 말하면서.

당신을 기어이 사랑해서 오늘도 밤이 깊다

당신을 기어이 사랑해서 깊은 밤

당신의 가르마 사이로 별이 오가는 것을 풍경 보듯 보는 밤

당신의 장편소설을 훔쳤으나 사랑한다는 고백은 찢겨 있고

나는 결국 버려진 구절이 되는 밤

당신은 사전에 실리지 않은 그리움

당신과 내가 하나 되는 문장을 위해서

내 모든 생애를 바쳐 시를 쓰는 밤

당신을 기어이 사랑해서 오늘도 밤이 깊다.

꿈에

뛰어내리면 어느 낯모를 엽서가 사랑을 속살거릴

그런 자주색 세상의 절벽 끝에서 꿈에

나는 너의 쇄골에 귀를 대고 등을 쓰다듬고 너는

잃어버린 악보를 숨결로 연주하고 우리

왠지 짙은 사랑을 할 것만 같고 꿈에

너의 체온이 실화였으면 하고

너는 올이 촘촘한 감청색 스웨터, 테가 굵은 검정 안경

나는 전설처럼 그 품에 와락 안겨 있고 꿈에

바람에 꽃들이 허공으로 나귀를 타고

꿈은 이렇게 서툴고

너의 머릿결과 호흡을 다 외우고 싶은데 우리

흑백이 되고 네가 없어지고 내가 저물고 꿈에

나는 마침표처럼 안녕을 말해야 하는데

지독하게 아름다운 그 꿈에.

그 애

동초등학교 2학년 1반, 뺨에 별자리처럼 주근깨를 그려 넣은
그 애는
창밖으로 봄바람이 여울지는 때면 머리칼에서 항상 살구 향이
나곤 했어.

내가 살구를 좋아하게 된 게 아마 그때부터였을지도 몰라.

내가 전학 가던 날이 기억나.
내 앞에서 머루 같은 눈물을 뚝뚝 흘리며
책상 모퉁이에 삐뚤한 낙서 하나 남기고 밖으로 달려 나가버리던

살구 향이 나던 그 애 말이야.

세월이 많이 흘렀는데도 바깥에 문득

때아닌 살구 향이 몰아닥치면

마음 한편에 적힌 그 애의 낙서가 말을 걸어.

많이 보고 싶을 거라고.

사과꽃

뻗친 가지 아래로 사과꽃이 피었을 때
난 그 향기를 잊을 수 없지

꽃 주위를 돌며 사랑을 노래했고
머리 위로 별이 뜨는 날이면
나는 잎을 덮고 잠을 청했지

꽃잎이 지던 밤
나는 별이 진 것처럼 울었고
애꿎은 추억만 갉아먹다
번데기 속에 흉터를 남기고
나는 떠났지.

꽃이 진 자리에
그가 돌아온 줄도 모르고.

여름밤

체온이 오르내리는 능선에서 들나비 떼가 속살거리고
내 일기장의 낱낱 페이지 사이마다
저녁별이 책갈피를 들추고 내려앉습니다
내가 섬기는 문장들이 바람으로 불어옵니다

반딧불이 화관처럼 머리 위를 비행하는 밤
짙어지는 벌판에 개여울과 나란히 서서
꽃말도 없는 이들이 웅성대는 소리를 듣습니다

이보다 안온한 밤이 없을 것입니다.

다섯 번째 계절

그늘 속에서도 너의 그림자를 헤아려보는 일이 숨처럼 가쁘다.

고백 한번 하지 못하고 추억 귀퉁이에 너를 스크랩했던 날이

내게는 비밀스러운 두 번째 생일.

꿈보다 채도가 낮아진 너의 얼굴과

네게 당도하지 못한 낱장의 편지들이 허물어진다.

너는 건조하기만 하지

나는 너의 체온과 부서지는 웃음이 날씨가 되는 다섯 번째 계절에서

무작정 마음만 우거지고 있는데.

불나방의 자살

생은 어둡습니다
절단된 회로에 빛은 머물지 않습니다
새벽을 실 삼아 이불을 재봉하는 일이 잦고
하늘의 빈칸을 채우기보다
어둠의 여백 밖으로 숨는 일이 허다합니다

타 죽어도 좋습니다
나를 부디 빛으로 이끄십시오.

꽃병

나는 너에게 한 번도 피어라 한 적 없는데
왜 너는 내 온몸에 가득 꽃을 피워놓고
이렇게 나를 아득하게 해 왜.

별 1

밤이 너무도 어두워
잘 보이지 않았지만
옅은 별이
유독 비추는 곳 있어 바라보니

아, 당신이 있었습니다.

별 2

붉게 노을 진 마음에

머지않아 밝은 별 하나 높게 뜰 것입니다.

보나마나 당신이겠지요.

별 3

달 옆에 유난히도 빛이 나는 별 하나 있기에 물었더니
너는 그것이 금성이라고 했다.

언제부터였을까
그 별이 눈짓할 때마다
내 마음에 네가 박동하기 시작한 것은.

우주행 러브레터

호흡이 네모나다.

원고지 칸칸에 적히는 자음과 모음.

우주만 한 너를 잉크로 빚는 일은 언제나 어렵다.

네 이름 첫 자음인 ㅂ을 적으면

별, 바람, 밤하늘, 봄비 같은 것들이 문장 위로 떠다닌다.

무슨 말을 쓸까

너는 무슨 단어가 필요할까

내가 가진 가장 아름다운 낱말을 너에게 주겠다.

원고지에 나를 다 쓰겠다.

우표에 가만히 입을 맞춘다.

이 편지를 받는다면 너 또한 우표 위로 가만히 입을 맞춰줘.

호흡이 네모나다.

우주만 한 너를 잉크로 빚는 일은 언제나 어렵다.

원고지 칸칸에 적히는 너의 두 번째 이름은 우주, 전부.

새벽 첫차

성에 낀 대합실에서의 기다림처럼
두 손에 당신 생각 호호 불어넣으며
나는 기다리고 있어요.

나에겐 새벽 첫차 같은 당신
어두운 기다림과 추위는 두렵지 않아요.

짝사랑은 길지만
매일 뜨는 태양처럼 나는 좌절하지 않고
당신은 나의 새벽을 뚫고
첫차처럼 내게 올 테니까요.

세상의 빛깔

모든 빛은 전부 네게로 향하고
꽃가루와 온갖 물방울들은 너를 위해서 계절을 연주하곤 해
모든 비와 강물은 나에게 흐르고 구름이 되고
다시금 나를 적시는 비로 내려와

모든 꽃잎과 들풀, 그리고 은빛과 금빛의 오로라는
세상이 너를 표현할 수 있는 수많은 빛깔이야
밤이면 네가 하늘을 잔뜩 수놓는 바람에
나는 아득하여 정신을 잃곤 하지

아,
세상에 너는 참 많기도 하다.

능소화

누가 그렇게

하염없이 어여뻐도 된답니까.

손

당신과 불현듯 스친 손가락이
불에라도 빠진 듯 헐떡입니다.

잠깐 스친 것뿐인데도 이리 두근거리니
작정하고 당신과 손을 맞잡는다면
손등에선 한 떨기 꽃이라도 피겠습니다.

파도

누구 하나 잡아먹을 듯이 으르렁대던 파도도
그리 꿈꾸던 뭍에 닿기도 전에
주저앉듯 하얗게 부서져버리는데

하물며 당신의 수심보다도 얕은 나는
얼마를 더 일렁인들
당신 하나 침식시킬 수 있겠습니까.

강물이 우는 방법

네가 우는 것은 내게 어떤 폭풍우보다도 소란한 일.

잔잔한 강마저 수많은 모랫돌에 물결이 찢기고 아무는데
우리는 앞으로 얼마나 많은 시간을 찢기고 다시 아물까.

너의 울음을 멎게 할 순 없지만 우리 같이 흐르자.
머지않았어
저기 앞이 바로 바다야.

울지 마, 곧 바다야.

꽃밭

마음이 사무치면 꽃이 핀다더니
너 때문에 내 마음은 이미 발 디딜 틈 없는
너만의 꽃밭이 생겼더구나.

잠수부

너는 너무도 맑아 도무지 깊이를 가늠할 수 없어.
네 머릿결 같은 수초와 살결에 숨 쉬는 산호초
그리고 무지개처럼 산란하는 물보라의 빛깔들이
마치 나를 초대하듯 내게 수문을 열듯 너울대지.

좋아, 네게 기꺼이 빠져보도록 하지.
달갑게 잠수해볼게
깊이조차 알 수 없는 너에게
나 영영토록 가라앉아보도록 하지.

천국

남들은 우습다 유치하다 한들
나는 믿는다
영원한 영혼을, 죽음 너머 그곳을.

그렇다고 믿자.

내가 늙고
어느덧 잔디를 덮어 눕고
당신이 있는 그곳에 가거든

한번 심장이 터져라 껴안아라도 보게.
나 너무 힘들었다고 가슴팍에 파묻혀 울어라도 보게.

당신은 나의 것

무지개가 검다고 말하여도

나는 당신의 말씀을 교리처럼 따를 테요

웃는 당신의 입꼬리에 내 목숨도 걸겠습니다.

장미 도둑

가시가 달렸다는 남들의 비난쯤은

내가 껴안을게

달게 삼킬게

너는 너대로

꽃은 꽃대로

붉은 머릿결을 간직해줘

우주를 뒤흔드는 향기를 품어줘

오늘 달이 참 밝다

꽃아, 나랑 도망갈래?

버들잎

나그네가 혹여나 체할까

찬물 위로 띄우는 버들잎처럼

나도 위태로이 범람하는 당신 생에 뛰어들리라.

비행운

구름 한 점 없는 하늘에서
나 아닌 누군가를 향해 당신이 비행한다.

나는 당신이 남긴 그 허망한 비행운에
목을 매고 싶었다.

여름 증후군

여름의 빛깔이 당신을 관통합니다.
여전히 당신의 아름다움은 잦습니다.

바람이 당신의 머리칼을 드나들어요.
치맛단처럼 나풀거리는 모습에
나는 이따금 더워집니다.
더운 마음은 쉽사리 식지 않죠.
나는 여름 탓을 하기로 해요.

밤새 당신을 예찬하는 나의 밤색 스프링 노트처럼
당신의 눈동자가 붉어요.
당신의 눈빛이 나를 감금하고
세상의 모든 들꽃들이 당신의 향기를 모방합니다.

여름은 여러모로 당신과 닮았습니다.

어느덧 도둑처럼 찾아든다든가

아니면 나를 덥게 만든다든가.

호우경보

우울한 패랭이꽃처럼 하늘만 보았다.

미처 어리석은 처마 밑에
머리 기댈 틈도 없이
쏟아지는 너를 잠자코 맞기만 할 뿐

너를 향해 주파수를 주섬대는
내 마음속 라디오는
홍수처럼 사랑해라
속절없이 호우경보만을 울려대고.

소낙비

그 사람은 그저 잠시 스치는 소낙비라고
당신이 그랬지요.

허나 이유를 말해주세요.
빠르게 지나가는 저 비구름을
나는 왜 흠뻑 젖어가며 쫓고 있는지를요.

가로등

어둠 속 행여 당신이 길을 잃을까
나의 꿈에 불을 질러 길을 밝혔다.

나는 당신을 위해서라면
눈부신 하늘을 쳐다보는 일쯤은
포기하기로 했다.

판타지 소설

너를 가만히 떠올리자니
갑자기 별이 쏟아지고 바다에 숲이 생겨나더니
지도에는 없는 곳에서 요정이 달려오고 있대
네게로 행진하고 있나 봐.

다홍색 달이 뜬대 구름에 날개가 달린대
너를 향해 날아간다나 뭐라나?
백조가 갑자기 말을 하고 전설 속 인어가 환생을 한대
너를 평생 모시는 신하가 되겠대
그들은 네가 이 우주의 전부라고 선언해.

너무도 환상 같아? 꿈처럼 느껴져?
이것은 바로 너로 인해 시작되는 이야기
너는 내게 거짓 같은 환상이고
찬란한 한 편의 꿈이야.

흰 꽃이 향기가 짙다는 속설

계절 사이의 경첩을 지문으로 가만히 닦고서
맞이할 새로운 계절을 준비하며
사랑하는 이에게 생을 펴고 처음 시를 건네는 저녁

뭇 사람이 쉽게 떠올리지 못하는 고요의 땅으로
오늘 우리 다정한 깍지로 함께 걸을까.
흰 꽃이 향기가 짙다는 속설처럼
우리 그 깊고 짙은 흰색의 세상에서
함께 꽃으로 돋을까.

나에게
다정한 악수였다가, 끊이지 않는 웃음이었다가
일기에 숨겨둔 꿈인 당신에게
그 어떤 말보다도 소란하게 건네는 마음
우주가 질투하도록
나는 당신을 몹시 사랑한다.

3부

사랑할 것이 없어진 사람들의 이야기

못 갖춘 문장

숨과 숨을 띄어 쓸 때마다
시야에 빗금을 그으며 네 얼굴이 뒤척이다 사라지곤 했다

네가 생각날 때마다 글을 쓰기로 했더니
내 생生보다도 문장이 많았다

이제는 다 짓무른 일기를 밤마다 꺼내서 나는 나를 읽었다
울창했던 여름밤에 우리가 평행하기로 약속하던 문단을
나는 끝없이 손금처럼 중얼거렸다

네가 사랑한다 밑줄 그은 문장이 일몰보다도 저물었고
이제는 정말
잊었다는 말만 미처 못 다 썼다

그 못 갖춘 문장으로 끝난 일기를 와락 안고

어지러운 선잠처럼 잔뜩 울었다.

안녕이라는 이름

나의 고요를 절개하고 때 아닌 비가 내렸다 비는 멎을 생각이 없었기에 당분간 젖은 성냥처럼 살기로 했다 점화되지 않는 나에게 우산을 씌워주는 사람은 없었고 나는 수성 잉크로 적은 이름이었다 문득 사람들이 밟고 지나가곤 하는 이름 모를 전단지들이 떠올랐다

벌써 벽에 걸린 달력은 몇 장이 뜯겨나가 가벼워졌다 나는 달력이 찢길 때마다 노숙하는 날이 많아졌고 대체 누가 앗아간 건지 나는 더 이상 색이 없게 되었다 팔뚝을 포개고 엎드려 누우면 겹친 부분만 동굴처럼 어두워졌다

빈 어항엔 물이끼만 가득했지만 나는 밤이 가까워올 때마다 턱을 괴고 어항에 조명을 비추는 일이 많았다 조명에 빛나는 물이끼는 참으로 농롱했고 그것은 나에게 울창한 숲과 같은 존재

였다 자칫하다간 이 어항 속으로 투신할지도 모르겠다고 생각했다

나는 내 이름이 안녕이었으면 좋겠다는 생각을 하곤 한다.
누가 나를 불러줄 때마다 안녕이라고 해준다면 내가 정말 안녕할 수 있을까 봐.
그렇다면 나는 울지 않고 응, 이라고 대답할 수 있을 것만 같다.

유실물

하루에도 몇 번씩 너를 분실한다.

유실물 보관소에도 네게 입혀주던 문장 하나 남아 있지 않다.

물안개가 창백한 수초처럼 일렁이고 오후는 사선으로 저문다.

그때마다 네 눈매의 능선이 그리웠다.

이팝나무 꽃이 유언처럼 촘촘한 골목골목이

내게는 모두 무덤이다.

너는 지금 어디쯤 서성이고 있을까.

나는 늘 잘 잃어버리는 것들을 사랑하곤 했다.

그리고 그것들을 다시 되찾는 일은 없었다.

사랑할 것이 없어진 사람들의 이야기

가을은 늘 서먹했다.
성긴 마음에는 늘 바람이 불었고
바람이 드나드는 소리가 들리곤 했다.

그가 나를 궁금해하지 않는 탓에
나는 매일이 투명해졌다.

그 탓에 울음을 참는 일이 자주 들통 났다.
어깨의 능선은 갈참나무 숲처럼 항상 스산했다.
돌올한 새벽마다 베개에는 비 소식이 들렸다.

그는 떠나면서 모든 것을 앗아갔지만
가을만은 챙겨 가지 못했다.

사랑할 것이 없어진 사람의 가을에는
낙엽이 떨어지지 않았다.

마음에 당신이

마음에 당신이 글썽인다

마음이 너무 많아서 허물어질 것만 남았다.

미처 장례를 치르지 못한 마음

무덤처럼 무릎을 끌어안고는

다시는 사랑하지 말아야지.

다 아물지 못한 마음의 끄트머리를 뺨에 대고

손톱 물어뜯듯 시를 외며

보고 싶은 마음 어찌하지 못하고는

마음에 당신은 밤새 글썽이고.

달이 지는 속도

너의 숨을 사랑해.

바람의 한 올 한 올이 내 목숨보다 촘촘해.

물병에는 없던 파도가 일고

귓바퀴에서는 너의 선율이 보폭을 빠르게 해.

내 마음의 피복이 벗겨지지

그대로 들키는 나

달이 지는 속도로 아름다워지는 너.

네가 밤에

네가 밤에 전화를 했어

너울거리는 내 오늘의 수면 위로 닻을 올렸어

저 멀리 닿지 못하는 뭍으로 늘 사랑한다 외쳤는데

어쩐지 그날 밤만큼은 손끝이 뭍에 가 닿은 듯했어

전화기 너머로 네 숨소리가 들렸는데

내 머리칼이 흐트러지는 걸 느꼈어

나도 몰래 잠깐 네가 다녀간 걸까

아니면 나의 얕은 선잠에 네 숨이 와 닿았을까

새벽의 해변에 누워

발끝에는 네 목소리를 파도처럼 재생한 채

찰랑이는 마음으로 나는 그날 밤을 되뇌었어

내게 전화를 걸던 손과 입술에 내 목숨을 엮고

붓꽃 잔뜩 꺾어다가

너를 만나러 가고 싶었어.

세이렌

당신보다 아름다운 목소리를
난 지금껏 들어본 적이 없다.

그 음성은 없던 바람에서도 빛깔을 느끼게 했다가
가끔 눈물겹게도 했다가
혹은 나의 기승전결을 모조리 뺏어버리기도 했다.

나는 은, 는, 이, 가처럼
당신 옆에 나를 지웠다가 다시 썼다가
그리고 당신의 숨소리에 섞인
음성의 사금을 몇 줌 훔치다가
그 목소리에 내 주파수를 맞춰도 보다가 문득

이 목소리로 내 이름 한 번만 나긋하게 불러주면

나는 더 바랄 것 없겠다고

내가 다 침몰해도 좋겠다고.

따뜻한 문장

마음 한구석이 찢어졌구나
아픈데도 말 한마디 없었어?
삶이 그보다도 아팠나 보다.
이리 와, 따뜻한 문장에 그은 밑줄을 가져다가
다친 마음을 꿰매어줄게.

울음이 새벽보다 이르게 시작되는 날이 많아졌어
무엇이 이렇게 너를 강이 되어 흐르게 하니.
우는 일이 죄가 되지 않도록
네가 울음을 쏟는 동안
나는 녹음된 빗소리가 될게.
내가 더 젖을게.

그러니까, 그러니까 나는
네가 아프지 않았으면 좋겠다.

질식

해는 다 졌고 꽃도 저물었고 하루가 죽었고

마음의 지평선 위로 별이 총총 눈을 떴고 달은 튕겨 오르고

너는 불쑥 솟고 내 어둠에 네가 불을 켰고

너와 나의 빈틈 사이로 한숨이 날아들고 너는 잦아들고

너의 귓속말이 바람으로 불어오고 나는 흔들리고

눈썹 아래로는 작은 바다가 생기고 그냥 울어버리고

그대로 미칠 것 같은데 나 어떡하냐고

불꽃처럼 확 없어져버리고 싶다고.

낡은 고백

당신 사진 옆에
슬픔 한 줌 내려놓고
좋아한다는 고백 하나
꺼내보았습니다.

서랍에 담겨 있던 이 고백은
시간에 덮여 먼지가 앉았는데
하나 조금도 바래지 않은 사진 속 당신 모습에
나의 가슴은 하염없이 삐걱거렸습니다.

아무도 없는 새벽 밤
당신 얼굴에 조용히 입을 맞추고

나의 추억이 세월 속에 빼앗기기를

다만 당신의 서랍에도 내가 담겨 있기를

소매에 눈물 하나 놓고

기도했습니다.

진통의 이야기

끝도 없는 진통의 이야기
귀엣말로 죽음을 자꾸 세뇌시킨다
나는 병실에 마른 수건처럼 누워 뻣뻣하다
뜬눈으로 긴 밤을 묵주처럼 매만진다
나는 젖은 장작이라 삶의 불씨는 좀처럼 붙지 않고
들개처럼 통증은 이빨을 드러낸다
맥박은 꺼져가는 메트로놈처럼 희끗해진다

핏줄을 건너 붉어진 날들
한 발 물러서면 잔돌 무너져 내리는 고통의 벼랑
끝이 나지 않는 진통의 이야기

그 꽃

사랑하는 사람의

눈길 한번 받고 싶어 수많은 날을

눈물로 빚어놓은 아픔일 테니

그리움을 펼쳐놓은 절규일 테니

그 마음, 꺾지 말아줘요.

테잎에 녹음된 꿈

몇 날 며칠의 꿈을 빗고 줄거리를 땋았더니
오래전 서랍에 숨겨둔 테잎이 녹음되기 시작해

네가 나를 불쑥 껴안은 거야
네 더운 입술이 촘촘한 꿈의 줄눈 사이로 휘파람을 불어넣어
녹음되는 꿈의 동화에 휘황한 배경음악이 되지
사정없이 꽃나무에 나비 떼처럼 잎이 무성해져
별들이 울창해져

내리지 않는 소낙눈을 기다리다 잠에 들었을 때
네가 다시 테잎을 되감아
계절이 겨울 가을 여름 봄 그리고 다시 겨울이 되는 순간
너와 내가 맞잡은 꿈의 깍지 틈새로 눈이 펄펄 내리는 거야

되감은 꿈이 다시 재생되고 눈은 그치지 않고
별들은 울창하고
네 휘파람이 산맥의 능선을 걸어가고 있을 때

테잎은 멈추지 않고 계속 돌아가고
우리의 몇 날 며칠 이어진 꿈은 아직도 끝나지 않고.

비탈길

비탈진 추억을

많이도 걸어 내려왔다

다시는 그리워 말자 흐느낌을 애써 눌러 죽이고

한참을 뒤도 없이 서성이던

첫 이별

겹겹이 쌓인 그리움에 채여

넘어진 그날 밤

비탈진 추억을

나는 너무도 많이 걸어 내려왔다.

장마

빗소리가 마치 타박타박
내게로 뜀박질하는 넌 줄만 알고
나는 몇 번이고 뒤돌아보기 일쑤였다.

내게 사랑은 이런 것이었고
너는 내게 있어 이다지도 미련스럽고
지독했던 한철 장마였다.

바늘

나의 인연은 너로 꿰매어진다
꿰어지는 실은 통증이며 바늘은 곧 당신이다.

그때는 왜 알지 못했는가
실이 꿰매어진 뒤엔
항상 바늘이 떠난다는 것을.

정류장

새벽을 찢는 버스 경적 소리에
엷은 싸구려 점퍼를 여미던 한 여자는
정류장에 어제의 미련을 두고 버스에 올랐다

두 손엔 오늘의 고통이 들려 있었고
여자는 졸린 한숨으로 그 위에 쌓인 먼지를 털어냈다
참 무거웠을 것이다.

너의 의미

너를 그리며 새벽엔 글을 썼고
내 시의 팔 할은 모두 너를 가리켰다.

너를 붉게 사랑하며 했던 말들은
전부 잔잔한 노래였으며
너는 나에게 한 편의
아름다운 시였다.

우울한 공회전

방향등만 깜빡이는
방랑한 나의 삶이여

신호는 몇 번이고
눈꺼풀을 감았다 뜨는데

왜 나는 이렇게
현기증 같은 정지선에서
하염없이 울고만 있는가.

장마전선

장마전선이 내 허리에 똬리를 튼다.

벽을 등지고 돌아누우니 척추 위로 죽음이 나를 좀먹는다.

폭우의 파열음이 비극을 예보한다.

늑골 사이로 비구름이 거미줄처럼 재봉된다.

나는 문득 자살하고 싶어졌다.

습기가 잡귀처럼 구천을 떠돈다.

나는 마를 날이 없다.

상사화 꽃말

너는 내 통증의 처음과 끝
너는 비극의 동의어이며

너와 나는 끝내 만날 리 없는
여름과 겨울

내가 다 없어지면
그때 너는 예쁘게 피어.

가와 을

억새가 강 옆에 꾸밈음처럼 자랐다

들풀이 웅성거리고
철새가 사선으로 빗금을 긋는 이 가을

네가, 내가, 우리가
저 노을을, 이 가을을, 뭇 사랑을

이 가을에 참으로 낭만적인 조사, 가와 을.

수채화

우리의 결코 짧지 않았던 추억은
한 장의 수채화였나.

하늘가 회색 장막에
밤 비 쏟아지던 날

품에 안아 기어코 지켰건만
눈물 두어 방울만으로도 번져버린
우리의 그 추억 한 장.

이끼

마음가에 한참 너를 두었다.

네가 고여 있다 보니
그리움이라는 이끼가 나를 온통 뒤덮는다.

나는 오롯이 네 것이 되어버렸다.

불명열

너는 참으로 지독스러운 기후였다
숲으로 숨어버린 산노루처럼 바람도 멎었다
칭얼거리는 네 시선 속에서 수백 수천의 별자리를 읊다가 한참을 몇 년간의 꿈속에 너를 초대했다
다만 너는 그 초대에 응한 적 없었고 그때마다 늘 빈손에 남은 네 옷자락의 과거를 지문으로 문지르곤 했다
열병처럼 그 지독스러운 것과 오래도 투병했다.

고열의 세계에 있는 내 이마에 네 손을 올려두고 싶었다
그 강줄기 같은 손이라면 나는 여름이 하루일 것만 같았다.

그때 그 여름 우리가 지나친 어느 자귀나무 울창했던 그 골목에서
돋을볕 같은 눈을 하고 있는 너와

네게 몇 년째 일렁이는 내가 있었다.

사랑했음이 자명하다

너는 정말이지 지독스러운 기후였다.

다음 생에는 내가 너를 가져갈게

내 숱한 일기장에 붉은 잉크로 적히곤 했던 나만의 Y야.

파도의 끝자락같이 고왔던 너의 어깨에 장미 덩굴처럼 파고들던

나의 파란 포옹을 기억하고 있어?

네가 가는 길마다 꽃잎으로 수놓을 수만 있다면

나는 온갖 화원의 꽃 도둑이 될 수도 있었고

너를 너의 꿈결로 바래다줄 수만 있다면

다음 생까지도 난 너를 내 등에 업을 수 있었어.

새벽에 가만스레 읊조리던 기도의 끝엔 항상

너와 내가 영영코 끊을 수 없는

오색의 밧줄로 감기는 세계가 존재하곤 했지.

Y야. 너의 살굿빛 피부에 잠을 자던 솜털을 사랑했고

눈동자에 피어난 이름 모를 들꽃을 사랑했고

너와 함께했던 그 시절을 사랑했고

교실 창밖에서 불어오던 꽃가루를 사랑했고

너의 웃음 너의 눈매 너의 콧날과 목선을 사랑했어.

다음 생에는 내가 너를 가져갈게, 나만의 Y.

쓸쓸

오늘도 잠에 들기엔 너무도 쓸쓸해

세상엔 온통 시끄러운 풍경뿐인데
수많은 입술들은 내게 단 한 통의 편지도 부치지 않아

글을 쓰고 비를 맞고
웃음을 쏟고 눈물을 참는 동안에도
나를 쓸쓸하게 하는 것이 너무도 많아

내일도 오늘처럼 눈을 뜨기엔
세상이 너무도 쓸쓸해.

환절기

네게는 찰나였을 뿐인데

나는 여생을 연신 콜록대며

너를 앓는 일이 잦았다.

아침의 단막극

너의 아침은 항상 눈부셨으면 좋겠다.

동쪽에서 불어오는 서늘한 바람과
흔들리는 들풀과 어귀의 꽃잎들이 모두 네게로 불어오면 좋겠다.
아침 안개는 너의 가는 길에 은빛 카펫이 되고
새의 지저귐은 너를 깨우는 자그마한 연주가 되면 좋겠다.

달이 잠시 무대의 뒤로 사라지고
화려한 단막극이 시작되듯
쏟아지는 햇볕이 너의 하루를 비추기 시작하는 이 순간

이처럼 너의 아침이 항상 찬란했으면 좋겠다.

303호의 후유증

무늬 없이 반들거리던 너의 손톱과 끝이 빛바랜 머릿결
굴곡 없는 콧대와 밤이면 속속들이 별이 모여들던 너의 눈동자.
그리고 그 부드러운 입술이며 호수의 잔물결 같은 목소리며
같이 앉아 서로의 시간에 발을 담그던 그 벨벳 의자와
불쑥 껴안을 때 풍겼던 아카시아 향기
유리 파편 같은 눈웃음.
그리고 너의 손등과 몇 번이고 쓰다듬던 너의 지문과 손마디와
아직도 지갑에 잠들어 있는 네 스무 살 적 얼굴과 금빛 이야기들.
눈물을 앓는 내게 처방전이 되곤 했던 너의 체온과 어깨
새벽녘 푸른 불꽃 같았던 고백이며 너와 훗날을 함께 엮던 숱한 꿈들의 시나리오.
함부로 너를 잊자니 버려야 할 것이 너무도 많은
이 끝없는 후유증.

나에게 사랑은

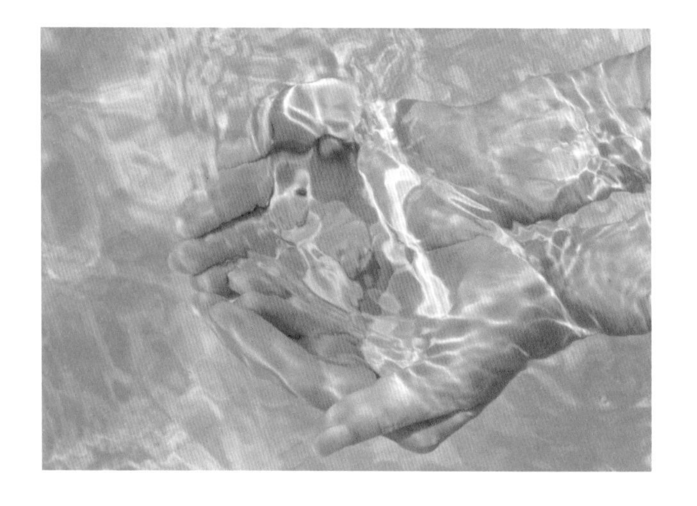

나에게 사랑은 천년을 읊어도 다 읽지 못하는 것
너의 모든 좌절을 와락 끌어안고 투신해버리며
균열 사이로 줄눈이 되어 네 삶을 죄다 메우고
아프고 무너져 내리는 건 내가 다 하고 마는 것

네 울음을 한 점도 남김없이 등 뒤로 나직이 숨겨주는 것
수평선을 네게 내어주고도 그저 너만 떠오르길 바라고
세상의 모든 향기로운 고백의 주어를 너로 치환하는 것

너의 그늘을 죄다 훔쳐버리고 네게는 볕만 내어주는 것
개화하는 만물을 네게 모두 주고 나를 다 꺼뜨리며
그럼에도 불구하고 오로지 너만 빛나기를 원하는 것

나에게 사랑은 지금껏 다 적지 못한 어여쁜 모든 것들을
네 손에 쥐여주는 것.

그 애에 관하여

그 애에 대한 생각은 좀도둑처럼 나의 밤을 등반하여 찾아온다. 나는 그동안 많이 가팔라졌다고 생각했는데, 그 애 생각만 하면 아직도 나는 너무도 낮아지고 얕아지며 미족해진다. 그래도 이제는 썩 괜찮아졌다. 그 애 이름은 무슨 눈물로 지었나 싶을 정도로 읊기만 해도 울 때가 있었다. 허공에 손만 내밀어도 바람이 그 얼굴로 조각되는 때가 있었다. 하지만 너는 그냥 너였고 그 애 이름은 그저 흔한 활자 중 몇 가지의 조합일 뿐이었으며 그 애 호흡까지 전부 외울 줄 알던 내가 이제는 그 애가 웃을 때 입꼬리가 올라갔던가 하는 것들도 떠오르지 않게 되었다.

그 애와 나누었던 모든 것들은 비극과 동의어라고 생각한 적이 한두 번이 아니었다. 그 애는 일방적이었으며 단 한 번도 내가 읊는 우리의 사랑을 입술로 베껴 쓴 적이 없었다. 나는 함께하길 원했으나 그 애는 그저 주는 것만이 전부라고 생각했다.

나는 폭설처럼 사랑하면서도 항상 갈증이었다. 그렇게 그 애는 비극이었는데 이상하게 지금 떠올리면 사랑했던 장면들이 프레임처럼 웅성거린다. 역시 사랑했음이 자명하다. 너무 아픈 사랑은 사랑이 아니라는데 왜 나는 이 아픈 것이 이렇게 너무 나도 사랑이었을까.

그 애는 내게서 너무 성급하게 접힌 페이지였다. 그래서인지 잦은 밤마다 그 애가 접힌 페이지가 자꾸 들춰졌다. 오늘도 그 숱한 밤 중 하루일 것이다.

엔딩은 있는가요

고통은 스스로가 죄인 줄도 모르고 덥석 찾아들어요. 제 집 드나들듯 삶을 들쥐 떼처럼 샅샅이 허물고는 이겨내려고 버둥거리는 나의 완전변태에 통증은 그치지 않는 비가 되고 날개는 젖으며 나는 또 불구의 삶이고.

발끝부터 뿌리를 타고 오르는 염증의 덤불이 씨실과 날실처럼 나를 옭아요. 사는 게 대체 뭔가요? 삶은 곧 지옥과 뜻을 나란히 하기에 우리는 두 손을 톱니처럼 엮어 천국을 기도하는가요? 톱니가 돌고 초침 분침 시침이 돌아 죽음이 얼른 오게끔 하려고 기도하는가요.

체한 삶이 너무 얹혀서 하루가 자꾸 길어져요. 그럴 때마다 손을 따곤 했고 삶에 방점이라도 찍는 듯 마침표처럼 고이는 검은 물을 밤새 매만지며 잠에 들곤 했어요.

사는 게 대체 뭔가요. 고통에게서 삶을 빌려왔기에 이렇게 아픔을 빚처럼 갚아내는가요? 엔딩은 있는가요.

4부

내 슬픔의 종점에는 네가 있을까

당신이 이 책을 본다면 좋겠습니다

나는 메마른 마음이었습니다. 건조한 마음에 봄비처럼 당신이 몰아닥친 날, 나는 그날을 잊을 수가 없습니다. 세상의 모든 메마른 것은 아주 작은 마음에도 쉽게 눅눅해집니다. 그 때문일까요, 당신의 그 사사로운 고백이 어찌나 마음을 먹먹하게 만드는지. 메마른 마음에 당신이 금세 번져감을 느꼈습니다.

여름이 부쩍 더디 오던 어느 늦봄 저녁, 어두운 골목에서 이팝나무 꽃처럼 희게 반짝이던 당신의 시선을 떠올립니다. 그림자가 머물다 가는 잔잔한 강처럼 당신이 나를 바라보던 날에, 우리가 첫 포옹을 합니다. 사랑이 너무도 깊어지면 사람도 꽃이 되고 마는지, 깍지를 낀 손가락 마디마다 꽃이 잔뜩 피었습니다.

당신이 내 시를 읽곤 한다는 소식을 전해 들었습니다. 나는 우리의 기승전결을 줄곧 문장으로 꿰어 시를 쓰곤 했습니다. 내가 구절마다 묻어둔 우리의 줄거리, 그 따뜻했던 서사를 지문으로 읊었을 당신을 떠올립니다. 첫 포옹이 있던 그 밤으로 되감기를 한 듯 낡은 기억에 사로잡힙니다. 당신도 시가 그리는 주어의 범인을 알고 있을 것입니다.

나는 당신이 이 책을 본다면 좋겠습니다. 이 페이지에 시선이 멎을 때에, 당신도 꽃들이 와락 피던 그 전설 같은 날을 기억하게 된다면 좋겠습니다.

따뜻한 평화

마음에 짙은 청록의 개여울
갈참나무 숲의 보풀들을 껴안는 여울물 흐르는 소리
마음의 채도는 낮은음자리표보다 아래로 가라앉지만
따뜻한 평화는 무성영화처럼 상영돼요.

개여울의 테두리로 쏟아지는
밤 별의 주름들이 사금처럼 빛나고
물을 한 손 떠다 이마를 가만히 닦아요.

숲벌들이 웅성거리고 꽃가루의 비행이 시작되는 시간
나는 흙터의 이야기를 듣기 시작해요.
뒤척이는 자갈들의 속삭임, 내게 건네는 짙푸른 안녕들
마음이 다시 흐르기 시작해요.
눈을 뜨기 싫은 거품의 이야기들을 가득 껴안고
새벽으로 몸을 던질래요.

숲의 살갗 위로 돋아나는 햇살
별의 주름은 벼랑으로 숨고
마음의 개여울은 다시 흐르고
다시 데워지는
나의 따뜻한 평화.

비는 내리고

비는 내리고
저녁달은 기울어가고
여름은 조금씩 시들어갑니다.

하늘은 힘없는 빗줄기만
눈물로 쏟아내고
사랑은 빗물에 젖어선
저만치 떠내려갑니다.

남은 것은
여름이 고인 빈 가슴뿐

비는 내리고
나 아닌 모든 것은 풍경이 되고
걷는 발자국엔
추억만 스며듭니다.

거친 입술엔 한숨만 저물고
젖은 눈썹에 바람이 불 때
나도 조금씩
엷은 풍경이 되어갑니다.

하고많은 것들 중에 당신을 사랑하였다

하고많은 것들 중에 하필 당신을 사랑하였으나 그는 나에게 정차하는 일이 없었다.
나는 그저 수많은 행선지 중 그 어디쯤이었고 이별의 당사자도 없었다.
이렇게도 내 사랑의 매듭은 짧았다.

그저 자정이 다가오는 시간쯤에서 나는 우울을 헤매었고
당신에게 나는 막다른 길이었음에 울곤 했다.
마른세수 같은 작별이었다.

물별

물별 흔들리는 강둑에 앉아
나는 나를 탓하며 잠깐 다녀간 사람의 마음을 생각했지

활자만 더듬다가 끝나버린 녹슨 마음
나도 모르는 사이
저문 별 잃은 저녁

숱하게 휘청이는 동안에
마음의 살갗이 다 무너진 줄도 모르고
끝나고서야 내가 폐허인 것을 알았지.

월식

네 어깨에 월식처럼 내 어깨를 덧대는 일
그때마다 너는
내게 명도를 도둑맞은 것처럼 늘 어두웠지.

나의 가파른 마음에서
너는 금세 지치고 말았는지
너는 없었고 나만 홀로 내려왔지.

네가 적힌 일기의 며칠만
눈이 뜨겁도록 몇 번이고 읽었지.
잠깐 스친 것이
영영 내 것인 줄로만 알고.

몽사

그 눈시울 얼얼하도록 뜨거운 것이
미욱하게도 아름다운 것이
어쩌면 이렇게 핏줄처럼 나를 동여매는지.

꿈에서는 우리 포개어지는 사이가 되자
은사시나무처럼 서로에게 흔들리는 사이가 되자.

이 생을 버리고 꿈에 영영 갇혀도 좋다
내 꿈에서는 부디 흐려지지 말아라.

섬

섬 하나 없는 바다에 홀로 출렁이는 것이 삶인 줄 알았고
장미의 가시가 꽃잎인 줄로만 알고 살았던 그대야

홀로 얼마나 바닷물이 차가웠니
그래 그 욱신거리는 삶은 또 얼마나 삐걱거렸니

그대의 바다에 조그만 섬이 뿌리를 내리나니
힘겨웠던 그대의 닻을 잠시 쉬게 해
섬 전체가 장미로 물드는 계절이 오면
그대는 가시가 아니라
사정없이 붉은 꽃잎이었음을 알게 해.

가장 아름다운 얼굴을 한 비극

항상 내 울음의 끝에는 네가 서 있었지
다 울고 나면 손수건 한 뼘만큼 다가와 앉아
나의 손등에 가만히 손을 포개는.

그렇게 너는 나의 외로운 표정이야
충혈된 마음이야.

내 슬픔의 종점에는 네가 있을까
아니면 머나먼 절벽의 나라가 있을까
네 오뚝한 콧방울에서 오늘도 내가 투신하고 있지.

가장 아름다운 얼굴을 한 비극이자
나만의 사랑하는 죄인아
나를 구해줄 수는 없었을까.

네가 내민 쪽지만 한 창문에는 오늘도 별이 저물고 있어
별들이 우울처럼 빗발친 내 얼굴에
시름을 건넨 것이 당신이야
나의 어제와 오늘을 관통하는 것이 당신이야.

내가 네 모든 계절의 마침표가 될 수는 없었을까.
버려진 것은 알지 못하고
너를 마음 밖으로 투기하는 일만 기다리는.

마르지 않는 강

처음 마주치는 순간
너는 큰 강이 되어 나에게 흐르고
나의 마음을 가로질렀다

하는 수 없지
차마 건널 수 없어 평생을 너의 강변에 걸터앉아
네가 마르기를 기다릴밖에.

옛 꿈

퀴퀴한 창고 구석에

녹슨 통기타 하나가 놓여 있었다.

세월은 겹겹이 쌓여 무덤을 만들고

그 위엔 턱수염 같은 잔디가 자라 있었다.

나는 먼지를 털고 나서 한참 후에야 알았다.

그것은 낡은 기타가 아닌

아빠의 옛 꿈이었음을.

사진 보관함

자식이라는 이름으로
가슴 곳곳에 대못질을 했다.

아빠는 내가 못을 박은 곳마다
나의 사진을 말없이 걸어놓곤 하셨다.

귀 하나에 관하여

평생을 나는 귀 하나로 살았다.

세상의 모든 소리는 내 왼쪽으로만 여울졌고, 내게 값진 것들은 모두 왼쪽에 두었다. 그래서 나에게 사랑은 늘 왼쪽에 있는 것들이었다.

나는 평생을 귀 하나로 살았기에 한 귀로 흘린다는 말을 평생 이해할 수 없었다. 엄마가 내 머리칼을 쓸어 넘기는 소리, 첫사랑과 함께 들었던 노래 같은 것만 기억하면 좋을 텐데 귀가 하나뿐이라 언어로 입은 모든 음성의 찰과상까지도 내 왼쪽에 함께 묻어야 했다. 그래서 지금까지도 사랑과 고통이 내게는 동의어인지도 모른다.

다섯 차례의 수술을 겪으며 마른 수건처럼 수술대에 몸을 누일 때, 그때만큼은 사소한 음성의 보풀까지도 귀 하나는 모두 기억한다.

엄마의 흐느끼는 소리가 어찌나 귓가에 철썩이던지, 마음이 침식으로 죄다 무너져 내렸다.

엄마는 나에게 원망을 세습해주었다며 늘 죄를 끌어안고 살아왔다. 근데 엄마, 엄마 있잖아. 내가 살다 보니까, 살아내고 보니까 원망은 온데간데없어.

늘 왼쪽으로 울곤 했던 어릴 적 나를 자세히 돌아보니, 엄마.

원망은 없고 오롯이 엄마 사랑만 남았어.

평생을 나는 귀 하나로 살았다.

나에게 사랑은 늘 왼쪽에 있는 것들이었는데

내 왼쪽엔 늘 엄마가 있었다.

별똥

그래, 힘들었겠지
누구도 보지 않는 저 골목 어귀쯤 어딘가에서
홀로 무장무장 몸뚱이를 태워도
돌담을 거닐던 길고양이만이 눈길을 주었을 뿐.

하염없이 기다리는 것도
이제는 지쳐버렸겠지.

다시는 볼 수 없어도
별똥 떨어진다는 한마디에
고개라도 들어줄까 하는 먼지 같던 설렘으로
결국 울며 울며 지평선으로 사라졌겠지.

강물

주제를 알면서 감히 꿈을 꿨다

남루하고 깨진 마음에 버겁게도 밀어 넣었다

내 마음에 절망이 스미고

결국 가라앉아 강바닥에 묻힌다 한들

기어코 담고 싶었다.

당신을 구겨 넣고 이 악물어 버텼건만

내가 다 산산이 깨어지고

강바닥에 무력히 스러져 눕고서야 알았다.

그대는 그저 흐르는 강물이었음을.

무인도

새벽 2시 5분이에요. 어둠이 박쥐처럼 날아들어요. 오늘로 밤의 몇 페이지를 넘겼는지 아세요? 별을 주워 담아 꿰어도 우울의 실타래는 줄어들지 않아요. 방 안에 어둠이 먼지처럼 떠 있고 나의 새벽은 절뚝거려요. 바람은 불고 창문은 턱뼈를 삐걱거리며 내게 말을 걸어요. 듣고 싶지 않지만 나는 알아듣고 있죠. 오늘 내가 확 죽어버릴 것 같대요. 모든 사물이 나를 훔쳐보는 것 같아요. 빛으로 숨고 싶지만 내가 너무 짙어요. 나는 거울에 비치지 않고 벽지의 무늬보다도 희미해요. 너무 무섭게 말이에요. 성대의 주파수를 아무리 바꿔봐도 목소리는 나오지 않죠. 누구에게도 이야기할 수 없어요.
내가 묻지 못해도 나에게 제발 말해주세요. 내가 행복한 적이 있었나요?

사춘기

내가 철없었어요.

어린 시절, 성냥불같이 단번에 타올랐던 내 사랑

이렇게 지금까지 그을린 자국이 남아 있을 줄이야.

성장통이 끝난 나의 마음 한가운데

당신 얼굴로 그을려 있는

철없던 나의 사춘기.

은색 철제 거울

방 불을 끄고 창을 닫고 나를 음소거한다
은색 도금이 벗어진 철제 거울에 비친다 누가
표정에는 단어가 남아 있지 않지
너는 오늘 몇 번이나 비늘이 벗어졌니
어느 버려진 어항의 수면처럼 시퍼렇게 일렁거리지
거울에는 아빠의 내려앉은 척추처럼 먼지가 촘촘하다
거울 속 너는 몇 겹의 우울을 껴입었니
근데 네가 설마 나는 아니지
방 불을 다 껐는데도 우울은 늑대처럼 으릉거리고
나의 못난 얼굴만 그대로 드러난다 날것으로
거울을 돌린다 천장을 비춘다 나보다 덜 검은 곳을
누가 검은 탁자에 이끼처럼 눌어붙는다 나는 종료한다

필사본

너는 어긋나게 접힌 어느 한 페이지
네가 접힌 곳이 밤마다 쉽게 들춰진다.

창백한 밤
새벽은 비겁하기도 하지.

채도 없는 그때의 기억을 입술로 베껴 쓴다.

네 생각을 할 때마다
내가 자꾸 허물어진다.

눈보라 밤 전차

벽지에 검버섯이 피고 눈이 휘휘 내리는 시간
자주 재생된 탓에 오래된 테잎처럼 다 늘어난
네가 나오는 꿈 그렇게 먹먹한 악몽들
이불의 나이테가 늘어가는 뒤척임
가해자가 정해진 환상통에서 끝없이 망명하는 시간
눈보라가 밤 전차처럼 횡단하는 그 겨울밤

멍

맑은 하늘이 서서히
잿빛 구름으로 멍드는 걸 보니
그는 마음이 울적해진다고 했다.

하늘은 흐리다가도 개면 그만이건만
온통 너로 멍든 내 하늘은
울적하단 말로 표현이 되려나.

등장인물

결말이 따뜻한 한 편의 소설 속
너와 내가 주인공이길 바랐지만
너의 행복과 슬픔 그리고 일생을 읽는 동안
나는 등장하지 않았고
마지막 장을 덮을 때까지
지문에 눈물만 묻혀가며
말없이 페이지를 넘길 뿐이었다.

소설 속 나의 이름은 고작
'너를 앓으며 사랑했던 소년 1'이었다.

은하

밤 하늘가 검은 장막 위로

별이 몇 떠 있지가 않다.

너를 두고 흘렸던 눈물로 별을 그린다면

내 하늘가에는 은하가 흐를 것이다.

해빙

그가 나의 고통에 끝없는 키질을 하는 동안

어느덧 금이 간 겨울

닿으면 깨지고 멀어지는 것을 쫓던

숨 가쁜 헤엄

이제는 돌이킬 수도 없게

내가 너무도 깊고,

그는 내가 짚는 곳마다 전부 무너지고 마는.

그 애의 속임수

그 애는

쥐덫처럼 내 삶을 좇아다녔다.

나는 다 알면서도

그 달가운 덫의 장소로

내 발걸음을 옮기곤 했다.

장작

너는 몇 겹의 계절이고 나를 애태웠다.

너를 앓다 못해 바짝 말라서

성냥불만 한 너의 눈짓 하나에도

나는 화형당했다.

오프닝 크레딧

겨울이었어.

네가 입김을 뱉으며 나와 결혼하자 했어

갑자기 함박눈이 거꾸로 올라가

순간 입김이 솜사탕인 줄만 알았어

엄지발가락부터 단내가 스며

나는 그 설탕으로 빚은 거미줄에 투신했어

네게 엉키기로 했어 감전되기로 했어

네가 내 손가락에 녹지 않는 눈송이를 끼워줬어

반지였던 거야.

겨울이었어

네가 나와 결혼하자 했어.

우주 끝에는 보물이 있다

깊은 밤 해가 뜨고 땅 위로는 은하수가 흐르고
너와 나 사이에 기다란 무지개가 떠야 비로소 만날 수 있는 우리

그래 그러자
두 눈을 잃어도 너에게 닿을 수 있는 내가 미더워지면
우리 그때는 꼭 다시 만나자.

꽃여울의 전설

물결은 강어귀를 돌아서

더 깊은 곳으로 걷지

너도 지금 그렇게

내 이름의 바깥으로 걸어 나가니

너무 어여쁜 것도 사람의 마음에 멍이 들게 하는지

너는 나와의 인연을 스치고

내 가여운 어귀를 돌아

꽃으로 여울지었지

그대는 꽃여울이었지.

네온색 다이너마이트

눈을 감고 누웠는데 글쎄, 아니 정말 눈꺼풀을 내렸는데
눈앞으로 불쑥 네가 나타나. 나를 쳐다봐.
너는 어떻게 어둠 속에서도 빛이 나?

눈물이 나는데도 너는 흐려지지 않지.
진짜 내 앞에 있다고 말해주면 안 돼?

사무치게 아름다운 그대야
내 손 잡아줘, 같이 가자.
내 꿈으로 같이 사라지자.
터지는 네온사인처럼, 반짝이는 물거품처럼.

밤은 죄가 없다

말할 곳은 저 달 저 별밖에는 없으면서
마른 등허리를 다독여줄 것은
하늘에 뜬 저 달과 별들이 전부면서.

왜 오늘도 어김없이 밤은 오느냐고
아무도 찾지 않는 이 방에는 왜
꽃 대신 늘 어둠이 먼저 피느냐고.

왜 밤은 나를 울게 하느냐고.

된바람

너는 나의 옷자락이고 머릿결이고 꿈결이고
나를 헤집던 사정없는 풍속이었다.

네가 나의 등을 떠민다면
나는 벼랑에라도 뛰어들 수 있었다.

당신의 깊이

공연히 잔물결만 나부끼는 당신이여

과연 당신의 몇 음절이
차마 못 다 헤는 통증으로
나를 잠영하게 만드는가.

무인 서점

네 마음 잘 빌려 썼어.

빌려 쓴 마음이라

사랑했다고 연한 연필로도 적지 못하고 돌려줬어.

근데 다 읽지도 못했지.

온 페이지가 어찌나 취하듯 향기롭던지

어찌나 세계가 멎는 듯하던지.

창밖의 온온한 풍경을 기억하기 위하여

오전 6시 59분, 이제야 먹빛 밤하늘의 명도가 조용히 올라간다. 산등성이의 여윈 굴곡이 밤하늘과 구분되기 시작하는 시간이다. 유리창에 비치는 가로등 불빛이 마치 주홍색 별자리처럼, 어느 낯모를 여자의 화관처럼 빛났다 미끄러지기를 반복한다. 철로에 덜컹이는 모든 것들이 눈물겹다. 아침은 이렇게 분주하다.

오전 7시 8분, 어둠에서 빛이 드러나기까지는 마치 발화점에 도달하듯 오랜 시간이 걸리지만, 한 번 들통난 아침은 불씨처럼 삽시간에 풍경을 채색하기 시작한다. 산등성이는 갈참나무인지 후박나무인지는 모르나 맵시가 더욱 선명해진다. 보풀처럼 거칠게 드러난 산의 등줄기들은 마치 엎드려 누운 사람의 형상을 닮은 듯하다. 십수 년 전 아버지를 잃고 자색 이불에 엎드려 한참을 울던 우리 집 누군가를 닮았다. 시선은 빨라지지만 철로의 파열음이 더뎌짐을 느낀다. 이양역을 지난다.

오전 7시 26분, 기차가 달리는 소리는 메트로놈처럼 규칙적이다. 귀에는 현악기가 크게 울리는 한 여자의 노래가 나오고 있다. 기차는 이름도 없을 법한 마을 어귀를 달리고 억새풀이 흔들린다. 여자의 목소리는 억새풀을 닮았구나, 하고 생각한다. 기차가 어둔 터널을 관통한다. 불현듯 귀가 먹먹해지기에 침을 삼켰다. 그 여자의 노래가 뚜렷해진다. 기차 안으로 억새풀이 불쑥 들어왔다.

오전 8시 32분, 이름 모를 야생화가 창밖으로 지나간다. 그 꽃은 수많은 기차들과 몇 번의 이별을 했을까.

오전 8시 41분, 전축 소리처럼 약간의 메가헤르츠를 벗어난 라디오처럼 안내원의 음성이 들린다. 목적지에 곧 도착할 모양이다. 듣기만 했을 뿐인데 주변 풍경의 채도가 낮아지는 느낌이다. 내릴 채비를 한다. 오늘은 채도가 낮은 하루를 보내도록 하자. 억새풀처럼 야생화처럼.

그대는 나의 여름이 되세요

초판 1쇄 발행 2023년 12월 14일
초판 10쇄 발행 2024년 11월 7일

지은이 서덕준
펴낸이 최순영

출판1 본부장 한수미
라이프 팀장 곽지희
편집 곽지희
디자인 김준영

펴낸곳 ㈜위즈덤하우스 **출판등록** 2000년 5월 23일 제13-1071호
주소 서울특별시 마포구 양화로 19 합정오피스빌딩 17층
전화 02) 2179-5600 **홈페이지** www.wisdomhouse.co.kr

ISBN 979-11-7171-086-7 03810